Los grandes felinos

Los leopardos

por Marie Brandle

Bullfrog en español

Ideas para padres y maestros

Bullfrog Books permite a los niños practicar la lectura de textos informativos desde el nivel principiante. Las repeticiones, palabras conocidas y descripciones en las imágenes ayudan a los lectores principiantes.

Antes de leer

- Hablen acerca de las fotografías. ¿Qué representan para ellos?
- Consulten juntos el glosario de las fotografías. Lean las palabras y hablen de ellas.

Durante la lectura

- Hojeen el libro y observen las fotografías. Deje que el niño haga preguntas. Muestre las descripciones en las imágenes.
- Léale el libro al niño o deje que él o ella lo lea independientemente.

Después de leer

- Anime al niño para que piense más. Pregúntele: ¿Qué sabías sobre los leopardos antes de leer este libro? ¿Qué más te gustaría aprender sobre ellos?

Bullfrog Books are published by Jump!
5357 Penn Avenue South
Minneapolis, MN 55419
www.jumplibrary.com

Library of Congress Cataloging-in-Publication Data

Names: Brandle, Marie, 1989– author.
Title: Los leopardos / por Marie Brandle.
Other titles: Leopards. Spanish
Description: Minneapolis: Jump!, Inc., 2021.
Series: Los grandes felinos | Includes index.
Audience: Ages 5–8 | Audience: Grades K–1
Identifiers: LCCN 2020042731 (print)
LCCN 2020042732 (ebook)
ISBN 9781645278702 (hardcover)
ISBN 9781645278719 (ebook)
Subjects: LCSH: Leopard—Juvenile literature.
Classification: LCC QL737.C23 B724718 2021 (print)
LCC QL737.C23 (ebook) | DDC 599.75—dc23

Editor: Eliza Leahy
Designer: Michelle Sonnek
Translator: Annette Granat

Photo Credits: Eric Isselee/Shutterstock, cover, 1, 3, 8, 14, 23bl, 23bm, 24; Minden Pictures/SuperStock, 4, 23tm; Avalon/Photoshot License/Alamy, 5, 23tl; apple2499/Shutterstock, 6–7; Biosphoto/SuperStock, 9; Maggy Meyer/Shutterstock, 10–11; Villiers Steyn/Shutterstock, 12–13; Chaithanya Krishnan/Shutterstock, 15; Chaiwat Photo/Shutterstock, 16–17; gifyster/Shutterstock, 18–19, 23br; Sergio Sanchez Hernandez/Shutterstock, 20–21; Travel Stock/Shutterstock, 23tr.

Printed in China.

Tabla de contenido

Cazan y juegan ... 4
¿En qué parte del mundo? ... 22
Glosario de fotografías ... 23
Índice ... 24
Para aprender más ... 24

Cazan y juegan

Una leoparda vigila su guarida.

¿Por qué?

¡Sus cachorros están adentro!

Las hienas cazan los cachorros.

hiena

La mamá ruge.
Ella les pega.
Sus patas son grandes.

Las hienas corren.

Están a salvo.
Los cachorros salen.
¡Ellos juegan!
Aprenden a cazar.

Los leopardos son grandes felinos.

Los cachorros todavía están pequeños.

Los leopardos tienen manchas. Las llamamos rosetas. ¡Tienen la forma de rosas!

Las manchas les ayudan a esconderse en la hierba y los árboles.

Estos felinos saben nadar.

Ellos cazan peces en el agua.

¡Qué genial!

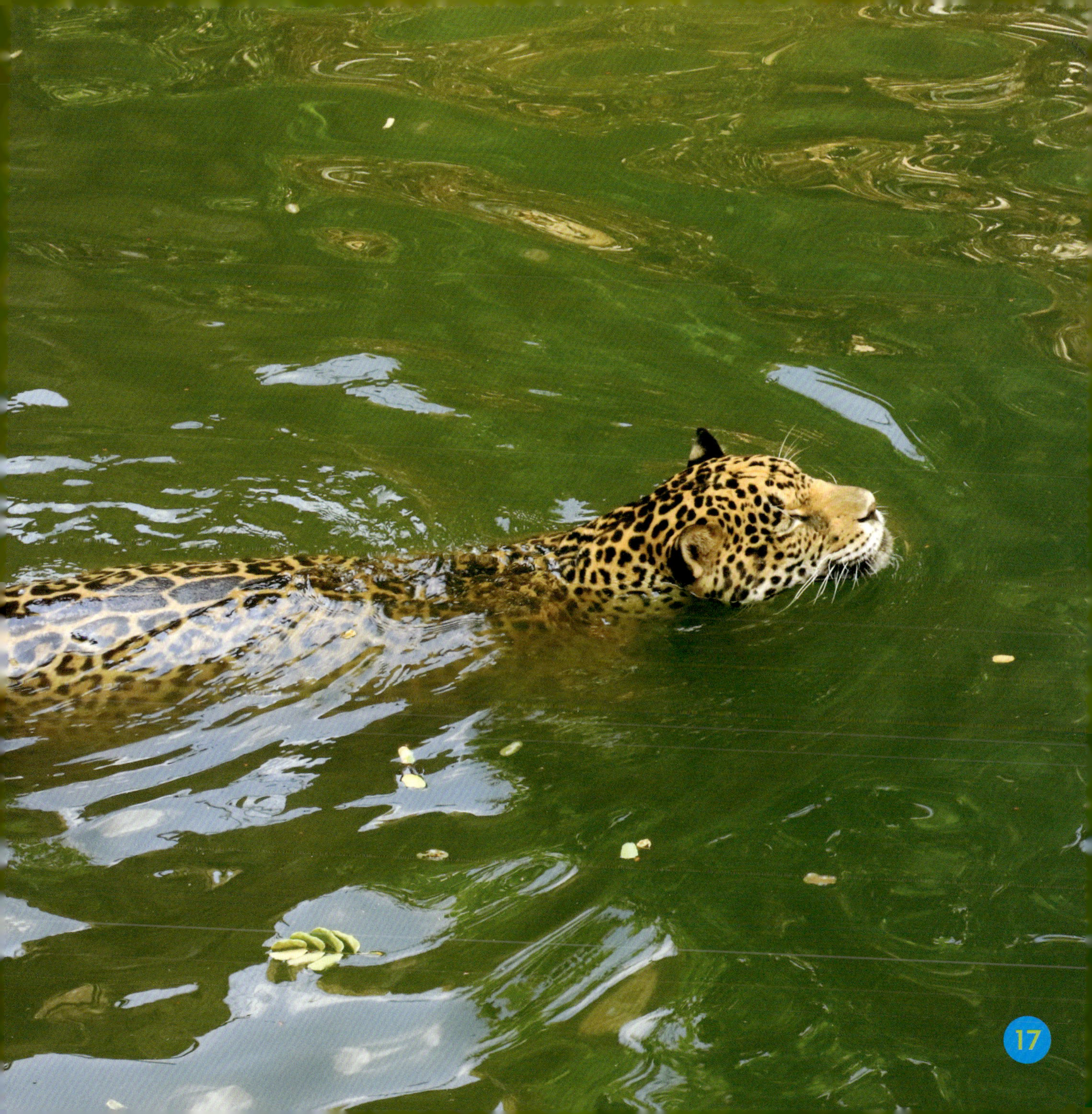

Ellos también cazan desde los árboles.

Se lanzan sobre su presa.

¡Guau!

Ellos duermen en los árboles.

¡Buenas noches!

¿En qué parte del mundo?

La mayoría de los leopardos viven en África. Algunos viven en el Medio Oriente y en Asia. ¡Echa un vistazo!

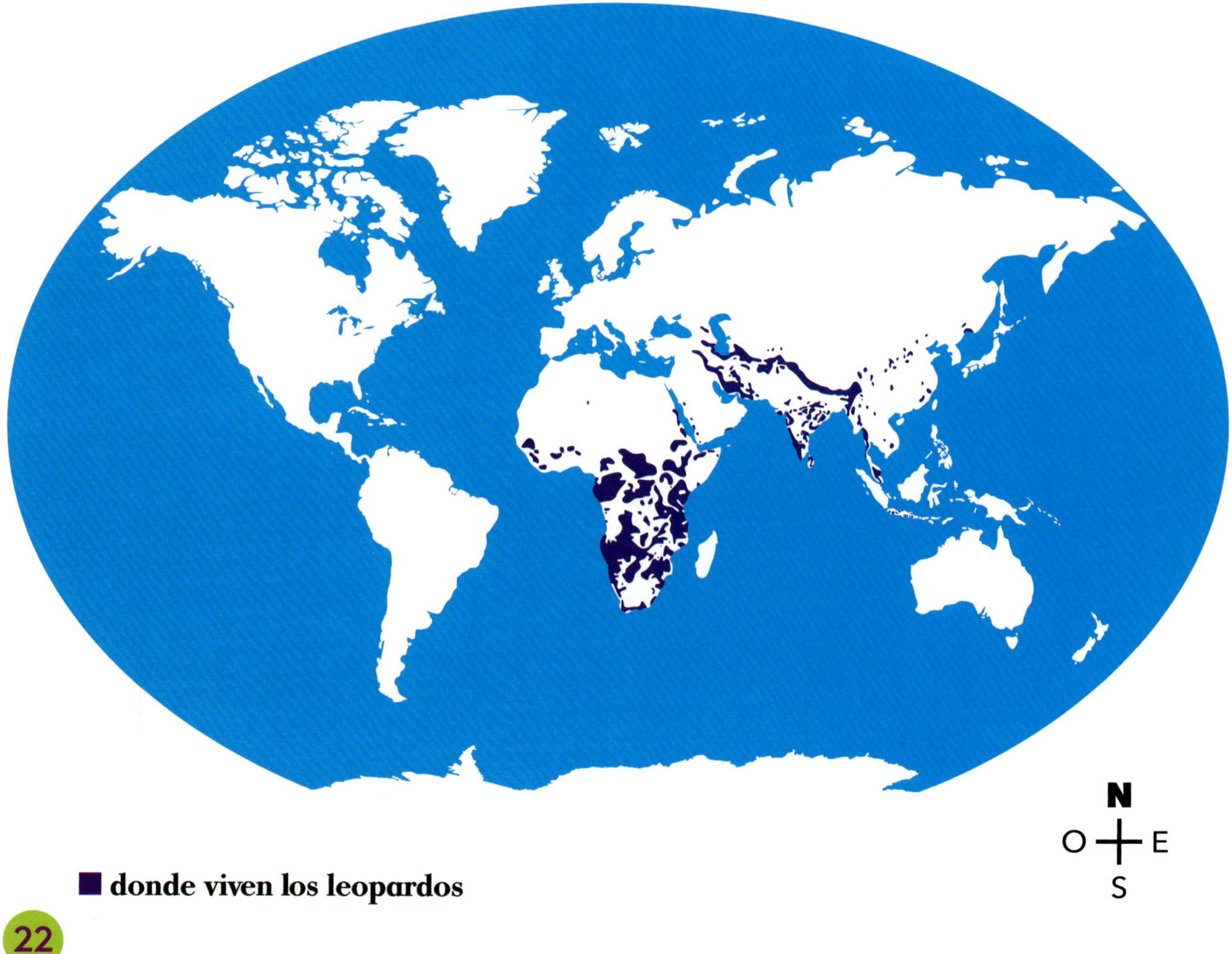

■ donde viven los leopardos

Glosario de fotografías

cachorros
Leopardos jóvenes.

guarida
El hogar de un animal salvaje.

presa
Un animal que es cazado por otro animal que busca comida.

rosetas
Marcas con forma de rosas en el pelaje o la piel de algunos animales.

ruge
Muestra enojo al hacer un sonido bajo y profundo.

se lanzan
Salta hacia adelante y agarra algo de repente.

Índice

árboles 15, 19, 20
cachorros 5, 6, 10, 13
cazan 6, 10, 16, 19
guarida 4
hienas 6, 9
manchas 14, 15
nadar 16
patas 8
presa 19
rosetas 14
ruge 8
se lanzan 19

Para aprender más

Aprender más es tan fácil como contar de 1 a 3.

1. Visita www.factsurfer.com
2. Escribe "losleopardos" en la caja de búsqueda.
3. Elige tu libro para ver una lista de sitios web.

FACT SURFER